見えない壁だって、越えられる。

小林幸一郎
イラスト　池田邦彦

見えない壁は、誰もが心の中に持っている。
その壁を前に、最初からあきらめてしまうときも、
失敗しても挑み続けられるときもある。
その壁を登るだけじゃなくて、越えてゆく先に、
その人が成長していく姿がある。

はじめに
ちょっと長い自己紹介

一九六八年二月十一日、東京都中央区の新富町生まれのみずがめ座。

弱虫で泣き虫、スポーツも勉強もダメ、コツコツ努力することが大嫌いだった。

そんな俺を見かねた母は、大学へエスカレーターで行けると目論み、東京下町にある私立大学付属の中高一貫男子校を進学先に選んだ。

クライミングとの出会い

そして、学校に行くのもサボる理由がないだけというつまらない学校生活を過ごしていた。そんな暇つぶしのような高校生活を送っていた二年生の春、ブラッと入った書店で一冊の雑誌を手に取った。

「アメリカからやってきた新しいスポーツ、フリークライミング」という記事に目が釘付けになった。そして、生まれてはじめて、自分から「やってみたい」と思ったのだから、人生は何が起こるかわからない。

クライミングスクールに参加し、はじめて行った岩場。俺は最年少。ただ登るだけなのに身体が言うことをきかなかった。でも、真剣に悔しがる大人たちはカッコ良かった。

フリークライミングは自然と岩と、その岩に挑む人が一体になるスポーツだった。一度でフリークライミングに魅了された。

何とか進学を果たした大学時代。バイトとクライミングに明け暮れ、大学は寝に行くところになっていた。三年の夏休み、アメリカのカリフォルニア州にあるヨセミテ国立公園に行くことだけを考えていた。ヨセミテはクライミングの聖地。数多くの伝説的なルートが存在する。そして、その中のひとつ、セパレート・リアリティにどうしても登ってみたかった。

そんなクライミング一色だった大学生活はあっという間に終わりを告げ、中堅の旅行会社に就職した。ときはバブル。企業の視察旅行や見本市、コンベンションなど、時代や流行を作るビジネスの現場に立ち会うことができた。

入社三年目に転機が訪れる。所属していた流通グループ内に新設される、アメリカ・メイン州にあるアウトドア用品販売会社の日本法人へのグループ内公募がはじまった。

直感以外の何ものでもなかった。

二十四歳でこのアウトドア用品販売会社に転職した。

販売している商品とともにライフスタイルを提案したい。アウトドアスクールやツアーなど次々にアイデアが浮かび、それを実現していった。

「多くの人に、自然の中で季節や風を感じてほしい」

フリークライミングで感じてきたことが、自分の考えや行動の基本になり原動力になっていた。

突然の告知

ある日、いつも通り車の運転をしていると、対向車のライトに目が奪われることに気がついた。子どものころから視力はずっと一・五。眼科に行ったことなど一度もなかった。

「目が疲れてるのかなあ。パソコンのせいかなあ」

気になったので、メガネを作ろうと近くのメガネ屋さんへ。すると、眼科の専門医に診てもらった方がいいと勧められた。

「取りあえず行ってみようか」

そんな気持ちではじめての眼科へ行き、診察を終えると、「遺伝を原因とする進行性の網膜の病気で、現在治療法がない難病です。将来失明する可能性が高い病気です」と告げられた。

その後の精密検査で告げられた病名は、「網膜色素変性症の類縁疾患で、錐体《すいたい》桿体《かんたい》機能不全」。セカンドオピニオンを求め、都内有数の大学病院の眼科数カ所に行ってみたが、診断結果はどこも同じだった。

トンネルの中で一歩を踏み出すまで

突然、全く出口が見えないトンネルの中で車から降ろされたような不安と恐怖。アウトドアのガイドとしてノリに乗っていた二十八歳の俺は、その厳しい現実を前に、ただ立ちすくむしかなかった。

病院に行っても、ちょっと目の中を覗き込むだけの医師からは「治療法がない」と言われるだけ。カルテを打ち込むキーボードの音だけが虚しく響く診察室で、医療に対する失望感ばかりが募っていった。

これからどうしたらいいのか。どうやって生きていけばいいのか。やがて仕事ができなくなる日が来る。クライミングができなくなる日が来ると、できなくなることばかり指折り数え、将来が見えない不安と恐怖に悶え苦しむ日々。すべての矢印が下を向いていた。徐々に奪われていくのは光だけではなかった。夢や希望までも俺から奪い去っていった。

そんな苦しい三年間を過ごしていた俺は、ある日、「所沢の国立身体障害者リハビリテーションセンター（当時）に、ロービジョン・クリニックというのがあるから行ってみたらどうか」と勧められた。三十一歳のときだった。

「何ができなくなるのか。どうしたらいいのか」と不安な気持ちをぶつける俺に向かってケースワーカーが言った。

「大事なことは、あなたが何をしたいか、どう生きたいかです。あなたがやりたいことをやりなさい。あなた自身の生き方を見つけ、あなたの人生を生きるのです」と。

「やりたいことをやる？　自分の人生を生きる？」

その言葉をきっかけに、できないことばかりを数え、暗闇の中で立ちすくんで動けずにいた俺の模索がはじまった。まだ、歩く方向は見つかっていなかったけど、「まずは歩き出してみよう」。そんな気持ちの変化が生まれた出会いだった。

見えなくてもできることはある

さらに、全盲でエベレストを含む七大陸の最高峰すべてに登頂しているエリックとの衝撃の出会いが訪れる。エリックは、俺が歩き出そうとしていた道に光を与えてくれた。

「視力を失ってもできることはある。自立して生きることはできる」

エリックが、再びクライミングと向き合うきっかけを与えてくれた。

帰国後、俺は視覚障害者にクライミングの楽しみを伝える活動を開始する。具体的なロードマップは描けていなかったけど、とにかくやってみようと心を決めた。

そして、二〇〇五年、三十七歳のときNPO法人「モンキーマジック」を設立した。

そして、障害者と健常者のクライミング交流イベントを通じて、社会における多様性の理解を促進する活動などを行ってきた。

自分が楽しむフリークライミングから、人と共有し、人に伝えるフリークライミングへ。「モンキーマジック」の活動とともに、自分自身の気持ちも変化していった（モンキーマジックの活動はウェブサイトを参考にしてください）。

いまでは、「マンデーマジック」をはじめとする、クライミングを通じたさまざまな交流イベントを各地で企画・開催。障害者と健常者が一緒にクライミングを楽しみ、悔しさやおもしろさを共有する場として、たくさんの人が参加するようになった。

また、日本代表の障害者クライマーのひとりとして、世界選手権にも出場を果たし、二〇一一年のイタリアではB2男子金メダル、二〇一二年のフランスではB2男子銀メダル、二〇一四年のスペインの大会ではB1男子金メダルを獲得した（B1は全盲。B2は弱視。B3は軽度の弱視）。

視力を失うと告知されてから十数年。

毎日必死なのに、残念なことばかり。落ち込むことも不安になることも多い日々の中で自立の道を探り、おもしろく生きることをモットーに暮らしている。

クライマーである俺は、常に見えない壁に挑み続けている。そして、きっと越えられると信じている。

主に、視覚障害者を対象としたフリークライミングの普及を通じてユニバーサルな社会の実現を目指す「モンキーマジック」の活動は、さまざまな形で広がりを見せはじめている。

そして、俺も、「モンキーマジック」も現在進行形。成長過程の真っ只中にいる。

＊　＊

本書は、そんな俺がSNSを通じて発信したものを元に加筆・再構成したものです。本になるんだったら、もっとマシなことを書いたのになあ……。

見えない壁だって、越えられる。

目次

はじめに　ちょっと長い自己紹介……3

序章　見えないトンネルの中で……13

いま見えているのは、ぼんやりとした光だけ／失明するって、俺が？／何ができなくなるんだろう？／先が見えないという不安／もしも、毎日が「待ち受け状態」だったら／世界中の不幸を背負っているような／普通にしていよう／色の鮮やかさが奪われていく

第一章　見えない壁の前で……25

「大事なことは、あなたがどうやって生きていきたいか」／目は不自由でも、気持ちは自由だ／常にドキドキハラハラ／すごい！　ロールモデルがいた／これ以上登る必要がない一点／俺が見た最後の星

第二章　見えない壁を登りながら ……… 39

ガンバ、俺／やり方はひとつじゃない／みんな不安を抱えて生きている／
それぞれのやり方で登ればいい／せめて自分らしさだけでも／これから、どうなる？／
常に不安と向き合わなくてはいけない／風薫る五月の午後／「急ぐな」ってこと？／
俺はいまどこを歩いてんだ？／可哀想な人だなんて／この必死な時間が必要なのだろう／
気持ち、入れ替えなきゃ／以前の自分とくらべてしまう／失われていく中で成長する／
白杖を持ちたくなかったころ／雨音と過ごす時間／厳しいーっ／
目が〝悪い〟わけじゃないんだけど……／朝のイライラオーラ／
視覚障害者に暇つぶしは難しい／〝レーズンそば〟／カレーが少ない……？／
こんな弱気の日／わが街、東京／新しい白杖、買わなくちゃ／このまままっすぐ育って／
ざっくばらんなおっさん／東京は温かく、冷たい／我が日本、まだまだイケてます／
駅そばで温まるひととき／白杖に、感謝／そんなに危なっかしいのかな／
ちゃんとわかっているご近所さん／カッコわる！／できることは自分でやる／
車をひとりで運転して、どこかへ行きたい／今度はもう少し早く／
ひとり旅には、いろいろなことがある／「みんなが見てるよ」／素敵な酔っ払い／
新しい情報が得にくいのは、視覚障害者の日常なんですよ／受け入れてはいけない現実／
怖い、たいへんという気持ちができなくさせる／なかなかスマートになれません／
「何も足せない。何も引けない」／白杖がある自由、白杖がない自由／

それでもいつか必ず一番上に抜けられる／「やってみてから、できるかどうか決めましょう」／「自分のやり方じゃないとつまらない」／「絶対できる」／俺もおじさんか……／繰り返し登った先に成功がある／いつも前向きなわけじゃない

第三章　見えない壁のむこうに……97

「結ばれることで、自由になれる」／身長も年齢も障害も関係ない／誰もが安心してハッピーに過ごせること／ふらっと登りに行きたい／同じ轍を踏まぬようにして前に進む／こんなこともあるんだ……！／「このメガネをかければ、見える？」／見えるようになるにしても／スティービー・ワンダーのサングラスって……？／前に進むための誘導灯を見つける努力／見えないものが目の代わり／雪に心鎮められる／春はもうすぐそこまで／「いや、まだまだ大丈夫だ」／意外と何とかなる／ここマドリッドじゃないの？／こっちが無理ならこっちの手がある／世界選手権の表彰台／粋なアナウンスに感激／人に伝えたいもの／ポイントは、「テキトー」／大人が真剣に悔しがる姿はカッコいい／行ってみなきゃわからない／待ち受け状態じゃ何も変わらない／心の中の「見えない壁」／あきらめずに登り続ければ

さいごに……133

序章　見えないトンネルの中で

いま見えているのは、ぼんやりとした光だけ

まず、視界から色の鮮やかさが奪われていった。

そして、徐々に文字や人の顔が判別できなくなり、いつしか物の輪郭もわからなくなってしまった。

いまは、春浅き日に咲く大好きな梅、薫風のころの新緑、水やりが楽しみだった鉢植えの朝顔、山々を赤や黄色に染める紅葉……、そんな季節の彩りを見ることができなくなった。

「どのくらい見えているんですか？」とよく質問されるけど、「昼はすりガラスの中にいるような、夜は暗闇に電灯だけが灯っているような感じ」とでも言えばいいのだろうか。

そして、いずれは、この光さえも失って、漆黒の闇の中を生きていくことになるのだろうか……。

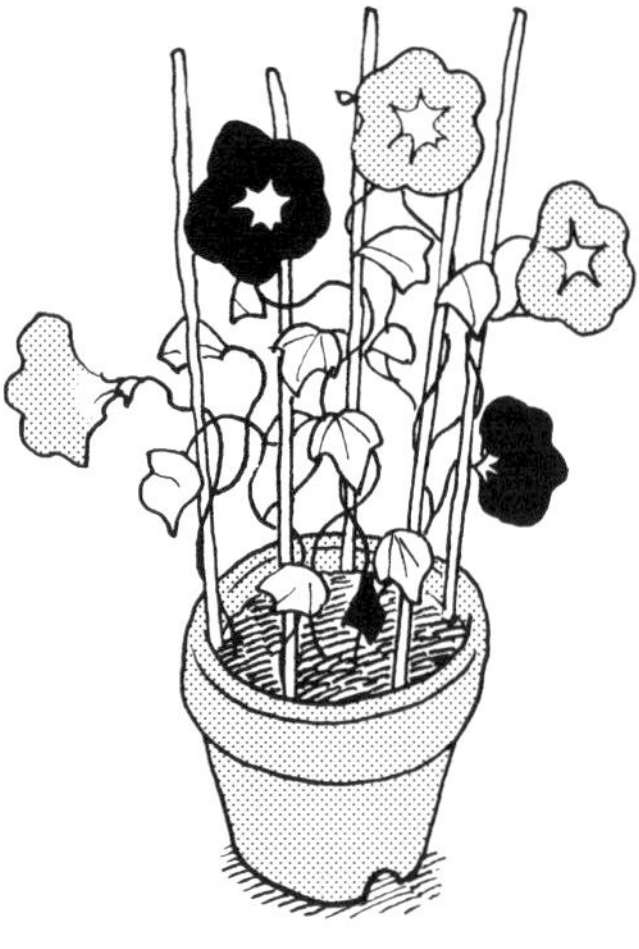

失明するって、俺が？

勉強もスポーツも嫌いだった自分にとって数少ない良いこと。

それは、一番下の方まで見えた小学校時代の視力検査だった。

それから十五年以上が経ったあの日、俺は生まれてはじめて眼科を訪ねた。

その瞬間が訪れる少し前まで、

「目医者ってこんなに混んでいるんだなあ」

なんて思いながら、待合室で暢気に週刊誌を読んでいた。

「網膜色素変性症の類縁疾患で、錐体桿体《すいたいかんたい》機能不全という網膜の病気です」

「もうまくしきそ……」

あまりに唐突で、何を言われているのかわからなかった。

「遺伝を原因とする網膜の病気で、現在、治療方法はなく、近い

「将来、失明する可能性が高い難病です」

治療法がない難病……。

将来、失明する可能性が高い……。

失明するって、俺が？

対向車のライトがいつもよりまぶしく感じられ、

「最近、視力が落ちてきたようだから、俺もそろそろメガネのお世話かなあ」と思った日からほどなくしての突然の告知。

二十八歳のときだった。

さっきまでアクセルべた踏みで走っていたのに、ふと気づくと、出口の見えないトンネルにひとりポツンと立っているような感じだった。

何ができなくなるんだろう？

これからどうやって生きていけばいいんですか？

「治療法がない」って言うけど、なんとかならないんですか？

そんな無責任に、「治らない」って言わないでくださいよ。

先が見えないんですよ。

「次は、何が起こるんだろう。次は、何ができなくなるんだろう」

っていう気持ちと向き合わなくてはいけないんですよ。

必死に訴えたかったけど、ごった返す眼科で何時間も待たされ、やっとめぐってきた診察。チラッと眼を覗き診るだけの眼科医には、「眼の中は診ようとするけれど、心の中は見ようとしてくれない人たち」という失望だけを手渡されて帰途に就くことが続いた。

先が見えないという不安

車の運転ができなくなる。新聞も雑誌も読めなくなる。人の顔がわからないどころの騒ぎじゃない。自分の顔だって見ることができなくなる。

ひとりで街を歩けるのだろうか。ひとりで電車に乗れるのだろうか。ひとりで買い物ができるのだろうか……。

いままでできていて、これからできなくなることばかりを考えた。

大人になるにつれ、できることが増えていく。それが当たり前だと思っていた。

それなのに、大人になったことで手に入れた自由が、少しずつ失われていく現実……。

まるで肉をそがれていくような気すらして、不安な気持ちが身体中に渦巻いていた。前を向くことなどできなかった。

眼が見えなくなることが怖かったわけではない。

怖かったのは、先が見えないことだった。

今の仕事ができなくなったら、どうやって生きていくのか、思い描いていた未来予想図はかき消されていった。

将来、どんなふうに生きていったらいいのかわからないことが怖かった。

もしも、毎日が「待ち受け状態」だったら

能動的に社会とかかわることができず、ただ受動的に生き続けるしかない人生なのだろうかとの思いに駆られ、出口が見えないトンネルから抜け出せなかった日々。

時間からも社会からも取り残されていくようだった。

もしも毎日が、ただ過ぎてゆく時間を眺めているだけのような、まるで、思考が「待ち受け状態」のように、すべてが受け身な人生を歩むことになったら……みたいな不安が頭をチラッとでもよぎると、気持ちがどん底へ落ちていく。

そして、どこまでいっても、見えている世界への未練は拭いきれない。

世界中の不幸を背負っているような

三十歳のとき、運転免許証の更新通知が届いた。

いままで通り、更新するつもりだった。

「あなた、眼がおかしいんじゃない？」

検査官に指摘された。

視力検査は一か八かで何とかなると思っていたのに、やっぱりダメだった。

運転免許証が更新できなかった代わりに、視力がどんどん低下し、いままでできていたことができなくなる現実を、ひとつひとつ受け入れざるを得ないという残酷な通知を、その日受け取ったような気がした。

「あのころのお前は、世界中の不幸を背負っているような感じだったよ」

後に、友人から言われるような苦しい日々の真っ只中にいた。

普通にしていよう

遺伝性の病気だと知ったら、母は自分を責めるだろう。
だから、母の前では普通にしていようと心に決めた。

色鮮やかさが奪われていく

高校二年のとき、書店で何気なく手に取った一冊の雑誌。
表紙の、美しい岩をよじ登る人の写真に目が奪われた。

十六歳で出会ったクライミング。人と競うものではなく、自分なりのやり方を見つけ、自分の力で登っていくおもしろさに魅せられた。

子どものころから体育やスポーツが大の苦手。

中学に入っても帰宅部。

そんな自分が、やっと出会えた夢中になれるもの、それがクライミングだった。

それからは、クライミングが自分のアイデンティティとして人生の核になっていくほど、クライミングにハマっていった。

金曜日の夜、急いで帰宅するとすぐにネクタイを外し、車に乗り岩場を目指すような生活だった。

それなのに……。

自然に抱かれても、新緑や紅葉、青空や夕焼けといった美しい自然から色の鮮やかさが奪われていくのがわかった。

少しずついろいろなものを失っていく現実。

年々、星の数が減っていき、いつの間にか夜空からすべての星が消えていた……そんな感じ。

次は何ができなくなるのか、そしてその次は？　そんなことばかり考えていた。

第一章　見えない壁の前で

「大事なことは、あなたがどうやって生きていきたいか」

絶望の淵をさまよう日々。

「これから何ができなくなるのですか。その日のためにどんな準備をしたらいいのですか。マッサージの勉強をしなければならないのですか。どうやって生きていけばいいのですか」

不安な気持ちをケースワーカーにぶつけた。

「何ができなくなるのか、どう生きていけばいいのかと聞かれても、私には答えられません。私たちにできることは何もありません。大事なことは、これから何ができなくなるかではなくて、あなたが何をしたいのかではないですか。あなたがどうやって生きていきたいかなんですよ」

できなくなることばかりを数えるという、ずっしりと肩に載っていた重い荷物を降ろしてもらったような感覚だった。

さらに、「国立障害者リハビリテーションセンター病院眼科患者の会　子どもの部」を紹介され参加したことで、自分にできることは何なのかと考えるきっかけにもなった。

視力を失う人生は容易ではないだろう。

でも、失うものに心がとらわれていては前に進む力は生まれない。自立して生きる道はきっとあるはずだ。停滞していた思考が少しずつ動きはじめた。

トンネルの中に立ち止まっていては何もはじまらない。まずは、歩き出してみなさいと背中を押してくれた大切なことばとの出会いだった。

目は不自由でも、気持ちは自由だ

二〇〇一年の三月、三十三歳のとき、自活の道を模索して会社を退職した。すぐに自分の会社を立ち上げようと準備をはじめたが、事がうまく進まず、再び自分の歩みは止まりそうになった。

気分転換には旅が一番。

悶々としていても埒が明かない。行ってしまえば何とかなる。

十一年続けたサラリーマン生活に終止符を打った俺は、拡大鏡を使用してもガイドブックの文字が見えるか見えないかだというのに、ひとりガラパゴスに旅立った。

どうせなら、なかなか行けないところに行こうと開き直って、行き先を決めた。

少しでも安いツアーをネットで探し、ガラパゴス諸島を回る船に寝泊まりして、八日間のクルージング。目の前に広がる海を見続けた。

島ではイグアナを踏んづけそうになったし、定員十六名の小さな船では船首に座って脚をブラブラさせたりして過ごした。

船が進む方向から吹いてくる風が気持ち良かった。

眼の不自由さを忘れるほど、気持ちは自由だった。

常にドキドキハラハラ

ガラパゴスから移動し、コスタリカに到着。

しかも、ひさしぶりにひとりきりでのバックパッカー。

コスタリカは観光立国。昔取った何とかで、どうにかなるさと甘く見ていた。

結果、どうにかなったにはなったんだけど、ここはスペイン語圏、英語が通じない場所は多いし、俺の英語は片言だし。

国立公園に行った帰りの長距離バス。ホテルの予約をしていなかったので、ドライバーに「安宿がある場所で降りたい」と乗車するとき頼んでおいた。

ドライバーが、何とかっていうバス停の場所を叫ぶと、数人が降りていく。

「お前もここで降りろ」と言われ降りたはいいけど、周りには何もなく、しかも真っ暗。

咄嗟に、同じバス停で降りた人に声を掛け、「今晩、泊まるホテルがない」と説明し、同じホテルに連れていってもらった。

空室があり事なきを得たものの、ゲストハウスのオヤジさんはスペイン語しか話せない。そもそも、スペイン語が話せない俺がいけないんだけどね。

多少……、宿泊代をぼられた気がしたけど、まあ、それも仕方ないか。

旅の間中、常にドキドキハラハラ、冷汗ダラダラ。

そのときは、一刻も早くこの状況から逃げ出したいほどたいへんなのに、どうして俺は、また、そんな旅をしたくなるんだろう。

人生も旅も同じで、いざ動き出すとたいへんなことに遭遇する。でも、だからといって動かなければ何もはじまらない。そんなことを改めて思った旅だった。

すごい！　ロールモデルがいた

「アメリカには、全盲でエベレストをはじめとする七大陸の最高峰すべてに登頂している人がいるんだよ」

「マジ？　そんな奴いる？」。友人の話に耳を疑った。

その人の名はエリック・ヴァイエンマイヤー。ネットで検索すると彼のウェブサイトが見つかった。

「とにかく、この人に会ってみたい」

ダメ元でメールを送ると、すぐに返事が届いた。

「よし！　行くしかないっ」

指定された日、コロラド州のゴールデンにあるエリックの自宅を訪ねると、柔らかな声をした大きな男が迎えてくれた。

エリックと行った近くの岩場で、俺は雷が落ちたような衝撃を受ける。

当時は、すでに視野の真ん中が見えなくなりはじめていたけど、エリックが登っていく姿はもちろん見ることはできた。

「あり得ない！」

両目義眼で全盲のエリックは、総合的なクライミング力が求められるリード・

クライミングを、これまで登ったことのないはじめてのルートでやってのけた。

「え？　全盲でオンサイトで、リードで、トップロープセット？　マジで？？」

ほぼ指示なしで、どうしてこんなことができるのか。

十五年以上クライミングを続けてきた自分の価値観が揺さぶられた。

エリックのリード・クライミングは彼の生き方そのものだった。はじめてのルートを自分の登り方で自分のやり方で登っていく。

エリックは、いつか眼が見えなくなる不安を前に恐れ戦《おのの》いていた俺が向かおうとしている先に橋をかけてくれた。

俺はエリックにはなれないし、エリックになる必要もない。でも、エリックの存在はすごい刺激になった。俺の可能性を広げてくれるロールモデルとの出会いだった。

ケースワーカーのことばを思い出した。

「大事なことは、これから、あなたが何をしたいのか。どうやって生きていきたいかなんですよ」

そうだ！　視覚障害ってのは、自分が思っているよりも遥かにいろいろなことができるかもしれない。

帰国後、俺はＮＰＯ法人「モンキーマジック」設立のために動き出す。

クライミングを通して実現したい社会を胸に描いて。

Eric Weihenmayer

これ以上登る必要がない一点

五八九五メートル！

そのとき、俺は、アフリカ大陸最高峰キリマンジャロの山頂に立っていた。

エリックと一緒に。

「どうして、エリックは山に登り続けるんだい？」

「山頂が、これ以上登る必要のない一点だからかなあ」

「これ以上登る必要がない一点？」

「そうさ、これ以上登る必要がないところに立つと、やり遂げたと感じるだろ」

確かに、山頂に到達した瞬間、足元が平らになった。

山頂は、これより上がない場所だった。

＊　＊

二〇〇五年九月、エリックが企画した「Reach to the Summit（共に手を携えて頂上を目指そう）」というこのプロジェクトの参加者は総勢二十八名。参加費は四千五百ドルだったが、視覚障害者の参加費は千五百ドルだった。エリックの呼びかけに応じた参加者の中には名立たるグローバル企業のエグゼクティブも含まれていた。

そして、このときの俺の視力は、人の姿形はわかっても顔のパーツやディテールはわからない状態にまで低下していた。

俺が見た最後の星

「さあ、下りるぞ。日没までにキャンプに戻るぞ」
「えっ、六日もかけて登ったのに、もう下りる？」
でも、確かに身体には五八九五メートルは高過ぎる。
「危険だから早く下りてくれ」と、頭痛でサインを送ってきていた。
山頂にいられたのはたったの一時間。
下りても、下りてもキャンプに辿り着かない。
二日かけて、ひたすら下りるその行程のつらいこと、つまらないこと。
キャンプが続いた山頂からの道のり。
夜中にトイレに出たとき、頭上にキラッと見えた満天であろう星屑のひとつ。
いろいろ思い出しながら、最後のキャンプで飲んだキリマンジャロビール。
旨かったなあ……。

このプロジェクトでの出会いが、その後もずっと俺の人生につながっていくとは、このときは夢にも思っていなかった。

第二章　見えない壁を登りながら

ガンバ、俺

一年に一度、病院での定期検診。

結果は、本人が自覚している通り、視力は一段と低下していた。

右眼の方が状況は良いものの、視力は両眼とも数値が出ない。

〝光覚〟と診断された。

そりゃ見えないわけだなあ。

歩く速度は日に日に遅くなるし、駅などで、「お手伝いしましょうか」と声をかけてもらうことが急増した。この現実を受け止め、将来への不安や折れそうになる気持ちは、いまの忙しい生活が支えてくれている。

「そろそろ、全盲になる準備をしなきゃならないんだろうなあ……」

昨晩、そんなことを考えていたところだった。

でも、そんなシンプルなことじゃないんだよな。

でも、やっぱりなあ……という感じもするもどかしさ。

その準備は、具体的に日常生活の訓練や歩行訓練をするとかいう意味じゃなくて、気持ちの整理と覚悟なのだと思う。だけど、そうそう簡単に受け入れられるものでもない。

それが、俺の素直な感情。ガンバ、俺。

やり方はひとつじゃない

「将来失明することになるでしょう」と告知されて、徐々に見えなくなって、あちこちぶつかりながら歩いて、毎日歩くことひとつにも必死で生きている。

失敗を恐れたら歩き出せない気持ちと向き合う日々。

ダメで元々。

正面玄関が無理なら、勝手口からでも入る方法を探し出す。粘り強く探し続け、知恵を働かせると、案外ほかにも扉が見つかるもの。

やり方や生き方はひとつじゃないはずだしさ。

そんな、たくましさも必要だよなあと思って、気持ちを上へ向ける。

みんな不安を抱えて生きている

大企業を辞めて起業した友人に、「不安じゃなかったんですか?」とある人が訊いた。

すると、その友人は、「不安じゃない人生なんてあるんですか?」と答えた。

視力を失うと告知されたとき、どう生きていったらいいのかわからなくて不安だった。

先が見えなくて怖かった。

でも、いま俺は生きている。

伝えたい、大事にしたいクライミングとともに。

見える、見えないは関係なく、不安は、いつでも何をしていても、誰にでもあるものだろう。

そうだ、不安なのは俺だけじゃない。

だから、やってみよう。何とかなるさ。

はじめなきゃ、はじまらない。

それぞれのやり方で登ればいい

身長百五十七センチの俺は、男性としては低身長。

昔からスポーツが苦手で、ほかのことはやってこなかった。しかも、視覚障害者。

でも、クライミングをやるには不利な条件がそろっている。

クライミングは競い合う必要がないから、いつでも誰でもどんな条件でも楽しむための門戸が開かれている。だから、長く続けてきた俺にも、いろいろな変化と向き合ってきた俺にも、自分の手で登る喜びと成長が強く感じられているのだろう。

できることではなく、やりたいこと。

視覚障害者になったとき、障害者として受け身であり続けることに抵抗があった。自分にもできるなら、自分以外の視覚障害者にもできるはず。クライミングのすばらしさを伝えたい。それが自分のやりたいことだと気づいた。

登れたときのシンプルな喜び、しかも、なかなかできなかったルートを登れたときの格別な達成感は誰にでも平等に訪れる。

視力の低下とともに、できなくなることが増えていく日々の中で、できなかったことができたときの喜びを感じられるのがクライミング。

クライミングのおもしろさを多くの人に伝えたい。

見えても見えなくても、登り方ややり方はその人次第。

せめて自分らしさだけでも

一九六〇年代に書かれたトーマス・J・キャロル神父の『失明』という著書の前半に、「中途失明による二十の喪失」として移動能力の喪失、情報とその動きを知る力の喪失などが綴られていると聞いた。

確かに、俺自身も現在進行形で喪失感と向き合っている。

一度、立ち止まったら、また歩き出せるのかと、いつも不安と隣り合わせ。

書かれてから半世紀、科学技術は進歩しても、中途視覚障害者の喪失感は変わらないものだなあと、しみじみ。せめて自分らしさぐらいは大事にしとこう。

これから、どうなる？

あっと言う間に日が暮れて、やってくる漆黒の世界。

ちょっと極端だけど、秋がそんなふうに感じるほど、特に、夜は見えにくいと感じるようになった。

自宅から最寄の駅まで、電車の音が聞こえる方向に向かって一本道を歩くと、以前は十分ほどで行けたのに、今では二十分近くかかることもある。

これから、どうなる俺？

プレッシャーに負けるなーっ！

常に不安と向き合わなくてはいけない

人間の目は不思議だ。
曇天の今日は、屋外だけじゃなく、なぜか室内でも感度が鈍い。
普段見えている電灯になかなか気づけない。
常に不安と隣り合わせ。
不安と向き合わなくてはいけない自分がいる。

風薫る五月の午後

急きょ予定が空いた日。

自宅で傾いてくる日差しを感じながら、もったいない気分満点の午後を過ごしていた。

突然、「あっ」と思いついた。

ベランダで使わないままになっていた、水道管で手作りした懸垂トレーニング用のパイプの復活を試みることを。

そのパイプをロープで吊り下げるため、何度も屋上に上がったり下がったりした。

そして、パイプを立てかけたとき、中からバサッと古い鳥の巣が出てきて、「オッ!」と思わず声を上げてしまったりもした。

普段とは違う感じの汗と、頬を撫でる五月の薫風。

もったいないと感じていた午後を十分取り返せた時間だった。

さあ、これでいつでもトレーニングができるけど、問題は三日坊主をどうするかだなー。

「急ぐな」ってこと？

大学に特別講師として呼ばれた日。
遅れてはいけないと、家から最寄駅まで少し急いで歩いた。
白杖が当たった路駐の車をちゃんと避けて進んだと思ったのに……。
ガツン！
小型トラックの畳んでいなかったドアミラーに顔を激打！
痛かったし、恥ずかしいし……。
痛い目に遭わないと人は学べないのかなあ。
これって、急ぐなってことか。

なのに、懲りずによくぶつかって、そのたびに痛くて恥ずかしい思いをするなんて……。

俺はいまどこを歩いてんだ？

食事をしながらの打ち合わせ後、ほろ酔い気分で帰宅の途に。
いつもの駅から、いつもの一本道を歩いて住宅街にある我が家へ向かう。
あれっ、俺はいまどこを歩いてんだ？
何かを考えていたのか……、はたと気づいたら自分がどこにいるのか、わからない。
歩いてきた道をしばらく戻ってやり直し。
今度は自動販売機の明かりを頼りに、何とか帰宅に成功。
あー、見えなくなると、自宅前通過まで起きるとは。

可哀想な人だなんて

渋谷へ行く途中、何度か「大丈夫ですか」と声を掛けられた。

心配して声を掛けてくれる人に感謝する自分と、このところグッと見えなくなったと実感する自分と、可哀想な人だなんて思われたくない自分がいる。

ちょっと複雑だけど、胸張って行こうぜ、俺。

この必死な時間が必要なのだろう

ここ最近、視力低下とともにひとりで歩くときの緊張感が高いことに気づく。

雑踏や駅など、周囲の気配を察して動くのに必死だ。手引きをしてもらっての歩行は楽だけど、自分の能力を維持するには、この必死な時間が必要なのだろう。

気持ち、入れ替えなきゃ

駅で普通に歩いていたら、おばあちゃんが白杖につまずき転倒。

しばらく立てない様子にどうしたらいいかわからなくて戸惑う俺。

本人や周りの人に、いくら「大丈夫ですから」と言われても、なかなかその場を立ち去れない。

気持ち、入れ替えなきゃ。


こういうことがあるたびに心が折れる。

でも、俺、何をどう変えたらいいんだろう。

以前の自分とくらべてしまう

見えないために、「どうにもならないことを、どうにかしよう」ともがいている自分と、「どうにもならないんだから、現実を受け入れよう」と思う自分がいる。

感情と理性がぶつかって、ケンカをしているような状態が続いている。

周りとくらべているんじゃなくて、以前の自分とくらべて、ストレスを溜めこんでしまう日々が続いている。

失われていく中で成長する

視力の低下は自分自身のステップアップだと考えよう。

できないことが増えていくと同時に、適応して暮らすためのやり方を見つけ、できるようになっていくことを発見する。

これからも、工夫を凝らして生きていくんだろうなあ。

これが、自分なりの成長。

失われていく中で成長する毎日。

なんて、フェイスブックに書きながら、弱い自分と向き合う俺。

白杖を持ちたくなかったころ

映画の試写会に行った。

リスボンを舞台に描かれた、視覚障害者の生活と生き様、恋を描いたポーランド映画で、視覚障害者でも映画を楽しめるよう、吹き替えに情景説明がプラスされた音声ガイドもついていた。

目の見えない主人公は白杖を使わずに暮らし、エコーロケーション（音響探索）技術にこだわっていた。

映画を観ながら、いや、聴きながら、告知されてから十年後の二〇〇六年、自分がはじめて白杖を持つことになったとき、本当に嫌で苦しくて、悲しくて、「あ〜ぁ、これで俺も本当の障害者の仲間入りか……」なんて考えていたことを思い出した。

白杖は、視覚障害者が段差や障害物を探査し、安全に歩行することを支援してくれる、とっても便利極まりないもの。確かにそうだ。

でも、白杖にはもうひとつ大切な役割がある。

それは、「私、視覚障害者です」と知らせると同時に、視覚障害者のシンボルにもなる。

言い換えれば、どこでもいつでも「私は障害者です」と衆人の目にさらされること。

それが、本当にきつかった。

でも、時間とは素晴らしいもので、物事を捉える視点も自分自身も成長した。

今では、見られているのだから、できるだけ凛とした行動をしようと、自分以外の視覚障害者のことを考えることができるようになった。

白杖を持ちたくないという映画の主人公に、白杖を持ちたくなかったころの自分をシンクロさせていた昼下がりでした。

雨音と過ごす時間

視力の著しい低下とともに、音に頼る生活が色濃くなった。特に、携帯やパソコンの音声読み上げソフトは欠かせない。

天気が悪くてクライミングスクールが中止になった朝、テレビもラジオもなく、ただ雨音と過ごす時間の素敵なことに気づく。

少しアクセルを緩める時間も大事だ。

それにしても、音声読み上げソフトは騒々しい。傍で聞いている人にとってはかなり早口に感じるだろうけど、いくら早口でも騒々しくても、情報を十分に得たり取捨選択するためには不十分だと感じてしまう。目がもたらしていた俯瞰する力ってすごかったんだなあ……。

厳しぃーっ

十年ぶりの健康診断。
四十五歳にして新たにわかったことがあった。
視覚障害者に検便は厳しぃーっ！

って、フェイスブックにアップしたら、大量の「いいね！」。
……なんでだ？

目が〝悪い〟わけじゃないんだけど……

駅の改札口で乗り継ぎの手伝いをお願いするとき、

「すみません。目が悪いんですが……」

と白杖を手に声を掛ける。

別に、「悪い」わけじゃないんだけど、何て言うのが自然なんだろう。

だからって、「視覚に障害があるんですけど」なんて、咄嗟に出てこないし。

朝のイライラオーラ

朝の満員電車。

誰ひとり話をしていない異様なほどの沈黙の空間。

けど、「車両点検で遅れ……」のアナウンスが流れると、イライラオーラが満ちてゆくのが伝わってくる。

これも人間のコミュニケーション力？

視覚障害者に暇つぶしは難しい

新宿でのアポイントがふたつ。

ひとつ目が予定より早く済んで、一時間弱空いてしまった。

しかーし、本屋で立ち読みできるわけでも、ウインドーショッピングできるわけでも、座ってお茶する店を探せるでもなく……。

視覚障害者に暇つぶしは難しい。

結局、新宿駅の待ち合わせ場所で、一時間近く、ただぼんやり立ってました。

〝レーズンそば〟

半生《はんなま》の日本そばを食べようとお湯を沸かし、袋を開けて鍋にざっと入れたら、そばじゃなく隣にあったレーズンだった。

悩んだ末、そのままそばを鍋に追加投入してみたが、やっぱ、おいしくなかった。

今度から、袋はちゃんと確認しよう。

いや、ちゃんと確認したつもりなんですよ、これでも。

いつもの場所にはいつもの物があると思い込んでいただけで。

カレーが少ない……？

時間があまりないひとりの夕食。

買っておいたサラダとレトルトカレーにした。

サラダをお皿に盛り、冷凍してあったごはんをチンする。

レトルトカレーの袋をお鍋でグツグツ、グツグツ。ぐう〜。空いたお腹は待ち焦がれている。

温まったレトルトカレーをごはんにかけて、「いただきまーす」。

「んっ……？　カレーのルーの中身がずいぶん少ない。まっ、安いからしかたないか」って思いながらさっさと食べて、お皿を流し台の脇に載せようとしたら、そこには、水たまりのような大量のカレーが！

拭き取った後、悲し過ぎるので、ビールでも飲んでやろうと思ったら、いつもなら買い置きしておくはずのビールが、冷蔵庫に一本もない。

目覚ましテレビで、「みずがめ座の運勢が一番悪い」って言ってたのは、一昨日だったはずなのになあ……。

どこにもぶつけられないこの気持ち。

はあーあ。明日はいい一日でありますように！

こんな弱気の日

久しぶりに食べたくなり、ひとり駅前の牛丼屋へ足を向けた。けど、昼時で黙々と牛丼を口に運ぶ男たちでいっぱいの店内に入っても、空席ひとつ探せない自分に何となく気持ちが負けてあきらめた。

こんな弱気の日もあるよなあ。

また、がんばろう。

わが街、東京

山手線渋谷駅。

白杖につまずき、「じゃまなんだよ」と言い残して去っていく男性。

そして、乗り換えた地下鉄で。

「どちらまでですか？　お席空いてますよ」と若い女性。

どちらもわが街、東京です。

新しい白杖、買わなくちゃ

吉祥寺を歩いていると、白杖が手から離れ、バキッと鈍い音がした。

「そこの人、待ちなさーい！」

近くにいたおばちゃんが大声で叫んだ。

「大丈夫ですか？　ああいう人は許しちゃいけないのよ」

憤慨するおばちゃんの説明で状況を把握した。

新しい白杖、買いに行かなきゃなあ……。

出　口
EXIT

3
新宿·池袋 方面
FOR SHINJUKU
IKEBUKURO

このままっすぐ育って

小田急線新百合ヶ丘駅、急行への乗り換えホーム。
キャーキャー騒ぐ女子大生っぽい人たちに、
「目が見えない人がいるんだから。じゃまでしょ！」と、
小学三年生ぐらいの女の子が一喝。
このままっすぐ育ってほしいな。

いつも音を頼りに暮らしている視覚障害者にとって、
バス停、ホーム、トイレなどで流れる音声情報って、
ほんと助かるんです。
ちなみに、ホームで聞こえる鳥の声の真下に階段があるって
気づいてましたか？

ざっくばらんなおっさん

新宿駅のホームで電車待っていたら、「お、大丈夫か？　俺が一緒に乗ってやるよ」って、五十代ぐらいの男性が声を掛けてきた。

「こんなときはどうしたらいいんだ？　やったことねえからさ、わかんねえなあ、これでいいかい？」と、ざっくばらんに話しながら、一緒に電車内へ。

「おっ！　席空けてくれたよ。座りなよ。どこまで？」

「西荻窪で、すぐなんで大丈夫です」

「俺と一緒じゃねえか。すぐじゃねえよ、座りなよ」

席を譲ってくれたとおぼしき若い男性も、「そうですよ、どうぞ」って。

でも、俺は、思わず「いや、目が見えないだけで、身体はぴんぴんしてるんで大丈夫です」って言っちゃった。すると、

「そりゃそうだ。見た目は俺より健康そうだからなあ。いいってさ」

電車内には、くすくすと笑いが聞こえ、どこか温かい空気。

わからないことはわからないと語り掛けてくれ、「大丈夫です」と言われて、納得できれば無理強いしない。これって、とっても人間的な言葉のやりとりですよね。

その後？

もちろん、「今度西荻窪で一杯やりましょう」ってことになりました。

東京は温かく、冷たい

乗り換えの品川駅階段。

山手線へ急ぐ人に白杖を蹴られ、杖だけが階段の下まで滑り落ちていった。

すると、傍にいた人が「大丈夫ですか」と拾ってきてくれた。

でも、蹴った本人は黙って立ち去り、そのまま乗車。

今日も、わが街東京は温かく、冷たいです。

我が日本、まだまだイケてます

三連休は飛行機だけじゃなく、いつものホテルも予約が取れず、福岡県の久留米駅からすぐとはいえ、はじめての場所でホテルがなかなか見つからない。

ウロウロ、ウロウロ、あちこち探してみたものの、結局は迷う羽目に。

そんなとき、酔っぱらいのお兄ちゃんたちが、

「大丈夫っすか」と声掛けてくれ、問題解決。

あー、我が日本、まだまだイケてるなあ。

感謝、感謝でした。

駅そばで温まるひととき

駅そばで慌ただしくお昼ごはん。
ひとりで切り盛りしている店員さんも、お客さんも、
「お箸、どうぞ」「お水、いる？」と声掛けてくれた。
みんな忙しいはずなのに。
お腹も心も温まるひととき。
午後も、がんばろ！

この感覚、まるで駅そばは長屋、牛丼屋はワンルームマンションのような気がするのは俺だけかなあ。

白杖に、感謝

夜更けの渋谷駅。
地下鉄からの乗り換え中、「コバ！」の声。
会社員時代の同僚に十年ぶりにばったり。
五分後、山手線で「幸一郎さん！」の声。
今度は大学の後輩に十五年ぶりにばったり。
こんな雑踏の中で、こんなこともあるんだなあ……。
こりゃ、白杖が目立つことに感謝すべきだ。

そんなに危なっかしいのかな

最近、街や駅をひとりで白杖をついて歩いていると、「ご案内しましょうか？」「ドアこちらですよ」などと声を掛けられる機会が本当に多いと感じるようになった。

とってもありがたく、感謝、感謝だ。

でも、これは一体何でだろう？

以前から、マクドナルドやドトール、スターバックスはもちろん、セブン‐イレブンなどでも、「すいません」とこちらから声を掛ける前に、「お手伝いいたしましょうか？」と手引きまでされることの素晴らしさに、「お・も・て・な・し」日本のサービスレベルの高さに驚愕することは何度もあった。

しかし、違う。

普通に街を歩いているだけなのに、なのだ。

「もしかして俺ってカッコいいから？」

いや、違う。

おっさんにも声かけられる。

よっぽど俺が挙動不審なんだろうか。そんなに危なっかしいんだろうか。

でも、よく考えてみると、これはこの国、特に公共交通機関の発達している地域での国民性のポジティブな変化なんじゃないかと思う。

確かに、いろいろなお店での対応は、社員教育が充実していることの成果だと思うけど、それだけでなく、多様性理解などの教育が、学校のみならず企業などでも進んだ結果が表れたんじゃないかな。

公共交通機関が発達し、外出しやすくなった都市圏では、多様性を構成する一員として障害者を街で見かける頻度が増え、学びを実践し、〝声掛け〟という勇気ある行動に移す人が増えているんじゃないだろうか。

昔から、日本は、ハードは充実しているけどソフトは未成熟だとよく耳にしてきた。

でも、世界に胸を張って、「それは昔の話だ」と言える時代に突入してきていると思うな。

これは、車社会の地域にも波及させたい良いことです！

ちゃんとわかっているご近所さん

ぼさぼさに伸びた髪を切りに、我が家の並びにある二十年来お世話になっている床屋へ行った。

店をはじめて四十四年だという七十代半ば過ぎのご夫婦。

「いつもみたいに短いのでいい?」といった調子ですべてわかっている。

視覚障害がある俺の人となりも、どんな仕事をしているかも、ちゃんとわかっているご近所さんがいるっていいよなあ。

でも、残念ながら、最近店をたたんじゃったんだよね。長い間、お疲れさまでした。

カッコわる！

「痛っ！」

住み慣れた自宅で思いっきり頭をぶつけ、あまりの痛さに七転八倒。

あーあ、カッコわる！

できることは自分でやる

二〇一一年、「アメリカのユタ州で障害者イベント『No Barriers USA』があるから来ないか」とエリックからメールが来た。エリックのメールは、いつも突然やってくる。

マイルが貯まっていたら行けるのになあ……。

調べると、デンバー往復に十分なマイルが貯まっていた。

現在、アメリカへのビザなしの渡航には、オンラインで渡航認証を受けることが義務付けられている。

電子渡航認証システムのウェブにアクセスし、数分でできると書いてある簡単な手続きに三十分以上を費やす始末。

あーあ、こんなことがえらい大変だなんて。

だからと言って、誰かに頼ってしまったら、次はもっと苦労する。

気がつけば、汗ダラダラ。何をやっても時間がかかる。必死なのに、残念な毎日。

＊

二〇一五年、再び『No Barriers USA』に参加するために電子渡航認証システムのウェブにアクセスしたけど、やっぱりえらい大変だった。

パソコンスキルって四年経っても変わらないものですね。特に、「文字認証」はお手上げです。

車をひとりで運転して、どこかへ行きたい

車に乗りたい。乗せてもらってどこかに行きたいのではなくて、ひとりで運転して、あてもなく自由にどこかへ行きたい。

大きなボリュームで好きな音楽かけて、でかい声で歌って、車はもちろんマニュアルで。

運転免許の書き換えができなかったとき、本当にさみしかった。

公共交通機関を使えばどこでも行けるかもしれないけど、ちがうんだよねぇ。

車の運転というあの空間とあの自由を失ったつらさを、正直いまでも引きずっている。

昨日も今日も、やらなければならないことが山積で、ひとりでずっと家にこもらざるを得なくなり、話し相手はパソコンの音声読み上げだけ。

ストレスは膨らみ、思考はマイナス一方通行……。

見えてたら、こんなときは車だっただろうなあ。

無駄に首都高環状線を回ってみたりして、思考回路変えて、「さ、がんばろっ！」って。

なんかないかなあ……。

街をぶらぶら歩いて、ウインドーショッピングもままならないし。

このままじゃ、この時間から一杯飲んじゃいそうだなあ……。

そういえば、その昔、彼女にふられてそのまま夜中に車運転して、三十分ぐらいの間に二回も右折信号無視とかして、曲がった先に待ち構えていたパトカーに切符切られたこと

もあったぞ。

車が大事だった世代のライフスタイル。何かとお金もかかったけど、自由だった。

何か、代わりがないかと考えていたら、さみしくなってきた。

＊　＊

実は、この間障害者クライミング選手権に出るためアメリカに行ったとき、公園内のパーキングでちょっと運転してみたんだけど、やっぱり違うんだよね。

今度はもう少し早く

十分で行けるはずだった駅までの道。

日に日に、時間がかかるようになっているというのに、ついギリギリに家を出て、新幹線に乗り遅れちゃったこともあるんだよね。

ちょっとだけ言い訳をさせていただくとですね、江戸っ子のせっかちな気性はなかなか直らない。

それで、今日もギリギリ飛び乗って、涼しい顔をしている俺です。

もしかして、待ち合わせしている同行の方、焦らせていらいらさせちゃってる？

ひとり旅には、いろいろなことがある

今、新幹線で博多に向かってます。

夕方に東京駅を出て、夕陽を追いかけて西へ、西へ。

二人席の隣りは空席。

新大阪を出たらお弁当を買って、一杯飲もうと楽しみにしていたけど、いつ、社内販売のおねえさんが通ったのかも、車掌さんが通ったのかもわからないまま……岡山を通過。

ときどき、車内販売が通り過ぎていったあとのコーヒーのいい香りだけが俺の心の中の焦燥感を大きくさせる。

「博多に着く前にお弁当にありつけるか。俺……」と思っていたとき、車掌さんが、「トイレとか大丈夫ですか？」と声を掛けてくれた。

空腹で社内販売を待っていることをやっと伝えられた。

広島の手前で、無事、柿の葉寿司とハイボールを手に入れました。

「いただきまーす」

見えない俺のひとり旅には、いろいろなことがあるものです。

「みんなが見てるよ」

「おとうさーん」

待ち合わせをした駅で、しばらく離れて暮らしている四歳になった息子が駆け寄ってくる。

肩車をすれば、たかだか二、三カ月ぶりなのに、ずっしりと重くなっていることがわかる。

白杖をついて歩き出すと頭の上から、

「おとうさん、まっすぐ、まっすぐ」

点字ブロックへと誘導してくれる。

「おとうさん、みんなが僕たちのこと見てるよ」

「どうしてだろうね」

素敵な酔っ払い

福岡県久留米市へやってきました。

空港からのバスを降りて、前にも泊ったことがあるホテルを目指して歩いていたら、あると思っていた歩道の点字ブロックが見つからない。

右に左に白杖持ってウロウロしていたら、酔っぱらって右に左にウロウロ歩いているおじちゃんとおばちゃん集団に遭遇。

「どこまで行くの？　大丈夫？」って、ホテルまでの歩道を一緒に歩いてくれた。

でも、こっちが大丈夫って聞きたくなる。

だって、歩いていると、後ろからガッシャーン！　って。

「いやー、目をつぶっているとと足元のブツブツってわかんないなあ」って、自転車に激突してて、それを見ておばちゃんたちは大爆笑。

「お兄ちゃん気をつけてなー」

「いやいやお互いさまです〜」

前にも、酔っ払いのお兄ちゃんに助けられたなあ。

この街は素敵な酔っ払いで満ちてます！

新しい情報が得にくいのは、視覚障害者の日常なんですよ

帰りの飛行機が遅れた。

密室の機内では、「なぜ遅れているのか」の状況説明のアナウンスがないと、みなどこか不安そう。

これって、新しい情報が得にくい視覚障害者の日常に似てるなあと、感じた。

最近は、トラブルが起きたときのアナウンスも充実してきたけど、詳細情報があるとないのでは、待たされる側の気持ちもかなり違う。

お決まりの棒読みアナウンスが繰り返されるだけでは、むしろイライラも増幅。

マニュアル通りであることより大切なことってあると思う。

受け入れてはいけない現実

「見えないとたいへんですよね」って、よく言われるけど。

見えないことよりたいへんなことはいくらでもある。

代表を務めるＮＰＯ法人の運営が壁にぶつかって、

「何とかしなくては」と、もがいているときの苦しさもそれに当たる。

ＮＰＯ「モンキーマジック」も二〇一五年八月で十周年。何とか綱渡りで続けてきた。

ＮＰＯと言っても、やることは普通の会社と全く同じ。お金がうまく回るときもあれば、回らないときもある。

見えないという障害は自分ではどうにもならないこと。

でも、ＮＰＯの運営は自分次第で何とでもなる。

どうにかなるのにうまくいかないことは、自分ではどうにもならないことよりもっと苦しい。

障害者として生きるってことは、自分の力ではどうにもならない、受け入れればいいだけの現実。

でも、何とかしなきゃと、自分の力でやれることがまだまだあるはずだと思いながら、うまくいかないのは、受け入れてはいけない現実。

立ち止まるのも、前へ進むのも、自分の意志次第。

怖い、たいへんという気持ちができなくさせる

明日は愛知県田原市にある中学校での特別授業。

渥美半島の先のほうにあるらしい。

で、まずは今夜のうちに豊橋まで。

指定された新幹線ひかり号に乗車するために、最寄りの西荻窪駅へ向かうと、

「八王子―豊田駅間で異常な音を感知したため、現在中央線は遅れが出ています……」と、不吉なアナウンス。

東海道新幹線の豊橋駅に停車するひかり号は一日数本と少なく、この新幹線を逃がすと、数え切れないほどののぞみ号に追い抜かれながら、こだま号で向かうことになる。

同じ値段とは思えない屈辱的な目に遭うことだけは、勘弁してほしい。

だから、何としても乗りたかった。

それなのに、神田駅を出て東京駅を目前にしたところで、まさかの一時停止。

「ホームが埋まっているのでしばらく停車します」とか何とかのアナウンス。

「あー、ギリギリなのに、やっぱり無理だろうなあ」とあきらめ半分で東京駅に着くと、介助をお願いしていた駅員さんが、「急ぎますけど、いいですか」と、確認するやいなや、スーパー早足で新幹線ホームまで連れて行ってくれた。

「あとは車掌が対応しますので、どうぞよい旅を」と、引き継いでくれて、無事に指定席に座ることに成功。

現在、ひかり号は快調に飛ばして豊橋に向かっております！

「あ〜、よかった」

そして、その日の翌日、中学生にいろいろな話をして、質問タイムに突入すると、ひとりの中学生から、「こんな遠くまで、東京からひとりで来て、怖くないんですか？」と質問があった。

俺は答えた。

「遠くに来ることは怖くないけど、遠くに来ることができなくなることの方がずっと怖い」

喪失感はメンタル面に大きな影響をおよぼす。

できるにもかかわらず、怖い、たいへんという気持ちができなくさせる。

もちろん、ここまで綱渡りのようにやってきたことは、内緒ですけど。

でも、日本の公共交通機関は、介助サービスが徹底されているのでホントに助かるんです。乗車駅で目的の駅を告げれば、そこまで乗り継ぎをサポートしてくれて、宅配便のように送り届けてくれる。すげーなー、日本式サービス！

なかなかスマートになれません

音声読み上げソフトが付いた、らくらくスマートフォンを購入して二カ月。端末から得られる情報は増えたけど、入力には未だ適応できず、まともに使いこなせないまま。

元々、俺は機械音痴、なかなかスマートになれません……。

「何も足せない。何も引けない」

「何も足さない。何も引かない」。こんなCMがあった。
でも、俺は、「何も足せない。何も引けない」。
いま、持っているものを使いこなすのだって精一杯。

白杖がある自由、白杖がない自由

何だか、右手がさみしかった。
吉祥寺に母と食事にでかけた帰り道。
白杖を母に預けて夜道を酔い覚ましにぶらぶら歩いた。
暑くも寒くもない、一年で一番気持ちのいい季節。
ふと、気づいた。
こうして、白杖を持たず、両手が空いている状態で歩くのって、いつ以来だろうと。
夜道を歩きながら思った。
握りしめる白杖があるだけで、自由な感じってなくなるんだなあって。
でも、白杖があるから、ひとりでの自由な行動も手に入れられる。
目の見えない人間の自由は難しい。
俺のこと見下ろしていたお月さまは、どんなふうに見ていたんだろう……。

それでもいつか必ず一番上に抜けられる

クライミングは、失敗し続けるスポーツ。

失敗し続けて、落ち続けて、それでもまたトライする。

すると、手が届かなかったところに手が伸びて、足がひとつ上にあがるようになる。

でも、また落ちて、またやり直しての繰り返し。

試行錯誤を繰り返し、何度かやっているうちに、歯が立たなかったルートも不思議と手が伸びるようになる。次のホールドが持てるようになる。

俺だって、いつもポジティブじゃない。

そりゃ、初見一発で登れるスタイルが一番だけど、俺は失敗し続けて、そこから答えが見えてくるプロセスが好き。

落ち込むことも多いけど、クライマーは知っている。

落ち続けて、失敗し続けて、それでもいつか、必ず一番上に抜けられるって。

「やってみてから、できるかどうか決めましょう」

クライミングスクールへの一番多い問い合わせは、

「うちの子にもできますか？」

「私でもできますか？」

そんなときはいつもこう答える。

「できるかどうかはわかりません。だから、やってみてください。やってみてから、できるかどうか決めましょう」

本来、クライミングは、手や足など人間が持つ能力を使って人工の壁や自然の岩を登るスポーツ。誰かと競争をする必要はないのだから。

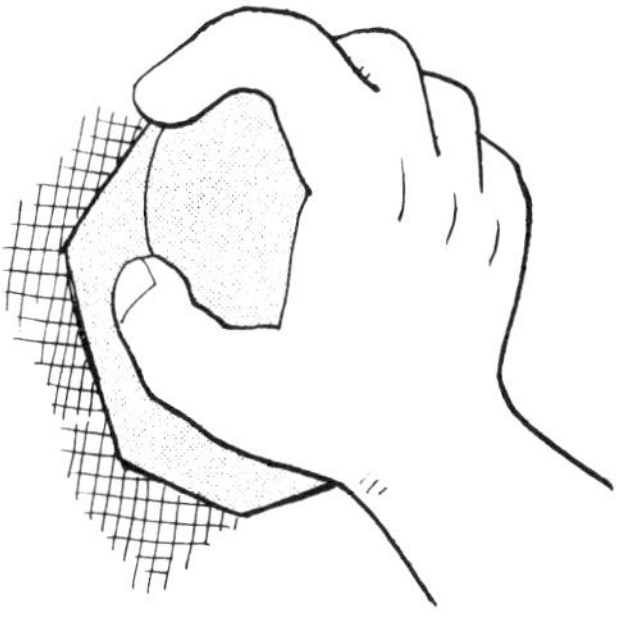

「自分のやり方じゃないとつまらない」

「自分のやり方で登りたい。教えられたやり方じゃなくて」

去年からスクールに来ていた小学五年生の男子が突然言い出した。

全盲の彼は、なかなか目標のルートを登り切ることができなかった。

そして、はじめて上まで登り切った次のトライのとき。

「さっきは、下から上まで全部教えてもらったから、今度は自分で探して登りたい。だって、自分のやり方じゃないとつまらないから」

彼はキッパリと言った。

自分の手で、自分のやり方で登って行く彼の背中に向かって、俺は、いつもより大きな声で叫んだ。

「ガンバ！」

「絶対できる」

「必ず登れる道がある」

クライミングスクールの子どもたちに声を掛ける。

いろんな方法で道を変えていけば、必ずできるからって。

悔しさと向き合う経験が少ない子どもたちは、簡単にあきらめてしまう。

たとえば、登り方がわからなくなったり、腕に力が入らず動きが止まってしまうと、つい「ダメかな」と弱気になる。でも、そんなときは、「『絶対できる』って自分に言ってみて」と伝えて背中を押す。

そして、みんなで「ガンバ！　ガンバ！」って応援する。

自分で、「俺は、私は、絶対できる」って言うと、次のホールドまで手が伸びるようになる。

支えてくれる仲間。

あきらめない自分の気持ち。

子どもたち、すくすく育ってくれそうです。

俺もおじさんか……

筑波技術大学でのイベント。
登りに来てくれた発達障害の小学生とそのおかあさん。
登り終え、ハーネスを外してあげたら、
「おじさんにお礼言いなさい」と、おかあさんが繰り返す。
もうすぐ四十五歳、そりゃしかたないけどさー。
俺……、あんまり、おじさんって言われないんだよね。
でも、認めたくない自分がいる時点で、おじさんってことだけど。

繰り返し登った先に成功がある

ひとつの目標を手中にしても、人間ってなかなか満足しない。
それどころか、悔しさばかりが募っていく。
すぐに登れる課題より、なかなかできない課題にクライミングの
面白さが、興味がある。
落ちて、考えて、失敗して、一手進んで、また落ちて。
どうしたら登れるのかを紐解いてゆくプロセスは、経験やレベル
にかかわらずクライミングが与えてくれる喜び。
俺たちが求めるのは、完璧ではなく進歩。
登りながら成長を実感できると、それが自信になる。
そして、クライマーはみんな知っている。
必ず完登できるって。繰り返し登った先に成功があるって。

いつも前向きなわけじゃない

誰だって気持ちの浮き沈みはあるだろうけど、病気が進行している俺は、常に弱さや不安と同居して暮らしている。そして、風邪をひいたぐらいの体調が悪いときは、一段と視力低下を実感しドーンと落ち込む。

そして、なぜか、いつもよりずっといろんなことに敏感になる。

「網膜色素変性症」を発症してから、色の鮮やかさが奪われた。徐々に文字が見えなくなり、そして景色が見えなくなった。

「光が見えなくなるのも時間の問題かなあ……」と、少し弱気になる。

「うーん、今年は、どこかへ、自分らしい旅をしよう」

第三章　見えない壁のむこうに

「結ばれることで、自由になれる」

「ロープに結ばれることで、視覚障害者は自由へと解き放たれる」

以前、モンキーマジックで、視覚障害者クライミングの指導に当たってくれていた人が、その姿を見て語ってくれた大好きな言葉。

安全確保のため、クライマーに結び付けられるロープは、日常の歩行で、ぶつかることや落ちることに身構える視覚障害者に、思い切り自分の力を出し切るすばらしい機会を与えてくれる。

言葉だけ聞くと、飼い犬のリードのようなイメージだけど……、結ばれることで、安心して、視覚障害者も普段お休みしている限界への挑戦というすばらしい自由を得ることができる。

身長も年齢も障害も関係ない

クライミング教室と講演会後の懇親会で、年齢二十八歳、身長百八十センチの後輩に言われた。

「コバさんとの出会いは衝撃でした。だって、自分よりずっと背が低くて、ずっと歳を取っていて、さらに目が見えないのに、自分よりずっとクライミングが上手いんだから」

おっ、これぞユニバーサルの原点。

ちなみに、俺は身長百五十七センチです。

誰もが安心してハッピーに過ごせること

見えなくなると告げられたときはすべてを失うと思った。

いまも、日々進行してゆく病気と将来の不安につぶされそうになるときがある。

だからこそ、クライミングをやめずに続けてきてよかったと思う。

障害者になったことはマイナスだとしても、それを補うに余りあるたくさんの出会いや経験をすることができた。

月に一回開催している「マンデーマジック」は、見える人も見えない人も一緒にクライミングを楽しむ場所。

ここに来ればクライミングができる。ここに来れば誰とでも仲間になれる。

誰とでも悔しがって、喜んで、応援して、乾杯して……。

「ユニバーサル」って、こんな誰もが安心してハッピーに過ごせることじゃないかな。

クライミングジムから、もっともっと社会に向けて広げてゆきたい、俺たちのムーブメント。

マンデーマジックとは?
障害のある人もない人も一緒にクライミングを楽しむイベント
エナジークライミングジム高田馬場店にて月1回月曜日の夜に開催
詳しくは…
NPO法人 モンキーマジックのHP
www.monkeymagic.or.jp

ふらっと登りに行きたい

急に予定が空いた日。
ひとりでふらっと、せめて近くのジムに登りに行きたい。
いや、本当は、そう遠くない御岳《みたけ》にだって行きたい。
でも目が見えない俺にとって、それはまだまだ難しい。
俺自身が実感してしまうこんな状況を、少しでも、ゆっくりでも
いいから、改善できるように努力を積み重ねることが、NPO法人
「モンキーマジック」や俺自身の仕事なんだと思う。

同じ轍を踏まぬようにして前に進む

できるなら、人の役に立つこと、社会のためになることがしたい。
そう思って行動してもうまく伝わらず、誤解を生み悲しくなるときがある。
でも、それは行動した結果。
次に、また同じ轍を踏まぬようにして前に進まないといけない。
俺にも、できることがあるはずだ。

こんなこともあるんだ……！

成田発フランクフルト行きの搭乗ゲート。
「コバさん！」
振り返ると、なんと、「マンデーマジック」常連のカンゾーさん。
彼が本物のパイロットだったことに、びっくり！
この飛行機って、彼がいま、操縦してるんだぜ。
こんなことってあるんだ……。
彼の操縦でヨーロッパへ。
うれしかったけど、未だ信じられず。

「このメガネをかければ、見える？」

息子と3D映画を観に行った。

係の人が「メガネはいくつ必要ですか」と聞いてきたので、俺が「ひとつでいいです」と答えた。

すると、息子が言った。

「このメガネをかければ、おとうさんも見えるんじゃないの？」

見えるようになるにしても

「もしも、医学が進歩して、目の病気が治せるようになったらどうしますか？」

見える人の多くは、「見えるようになるなら」と、視覚障害者が飛びつくように治療を受けるはずだと考えるのではないか。

それはそうだ。見えるようになりたい。

しかし、考えると、「あなたは目の病気で将来失明します」と言われて十八年。いろいろと考え、悩み、工夫し、試行錯誤しながらいまの見えない自分という社会的立ち位置を見出してきた。

見えるようになりたい。

まだまだ見たいものがたくさんある。

だけど、すぐには飛びつけない。

見えるようになるには、十八年かけた時間をリセットする準備時間が必要だ。

どんな言葉で、何て説明したらいいのだろう。

いま、テレビで、まだ自分が見えていたころの、一九八〇年代ミュージックビデオを特集している番組をやっている。八〇年代といえば、俺の高校大学時代で、夢や希望に溢れていたころだ。

いま、見えるようになったら、そのころの自分に戻るんだろうか。

どう戻るんだろうか。

何が変わるんだろうか……。

ただ、単純に見えるようになることだけじゃないはずだよな。

見えるようになることを素直に喜べない難しい時間の中で、生きてきてしまったなあと思う俺がいる。

道っていうのは、歩いてきた後ろに延びているかもしれない。

でも、自分の前にもどこにでも行ける自由があるはずだ。

スティービー・ワンダーのサングラスって……？

気持ちいいカラッと乾いた五月晴れ！

俺には肌をちりちりと焦がす日差しが心地良い。

昨日は、横浜の二俣川にある神奈川県ライトセンターのボルダリングウォールのホールド替え。乗り換えがわかりやすく、駅からは点字ブロックがばっちりついているので、自宅からひとりブラブラ、Door to Doorで約二時間。

駅からセンターへは、緩い上り坂をまっすぐ。

前を歩いているのは、聴こえてくる会話から、きっとおばちゃんとおばあちゃんの中間ぐらいの集団。楽しそうで騒々しい声は、白杖を使って歩く俺よりも歩みが遅く、どんどん声が近づいてきた。

と、そのとき、急に立ち止まったおばあちゃんに突っ込みかける俺。

そして、おでこにぶつかってきたのは日傘の先端。

ギョ！　やばかった。

数センチで目に突き刺さるとこだった。

考えてみると、雨の日は俺も傘をさしているから、地面をつく白杖と、他人の傘には自分の傘が触れて、それがそれぞれ触覚になってくれる。

けど、日傘までは考えたことがなかった。

そうそう、コップにストローが挿してあることに気づかず、目に突き刺しそうになることもあるから要注意だよなあ。

あ、もしかしてさ、スティービー・ワンダーって日傘から目を守るためにサングラスしてるんじゃない？

前に進むための誘導灯を見つける努力

「将来、失明する可能性が高い目の難病に冒されている」と告知されて十八年。

駅から真っすぐに延びる道を、ひとりいつものように歩いた。

白杖を頼りにあちこちぶつかりながら……、まるで霧の中にボーッと浮かぶ街灯だけを頼りに。

家までの道を歩いてゆくことひとつも、まるで、生きてゆくことと同じように、不安を感じながら進むしかない。

それでも、いまの自分が持っている能力を活かすことができると信じ、ときには街灯を、ときには友の声を頼りに生きてゆく。

まだ、見えていたころ、夜の空港で見た誘導灯。

前にしか進むことのできない飛行機を導いてくれる誘導灯。

前に進むための誘導灯を見つける努力を惜しまずできる自分でありたい。

いまの自分の能力を大切にし、活かしてゆくことができる自分でありたい。

見えないものが目の代わり

国立障害者リハビリテーションセンター病院で、年に一度の眼科検診。

聞けば、俺が最初に眼科に足を運んだのは平成九年一月だとか。

ずいぶんと時間が過ぎ、本当にいろいろなことがあった。

最寄りの駅から点字ブロックを頼りに、病院まで歩くと、点字ブロックが敷設《ふせつ》されている路面の状態が悪く、一枚一枚の点字ブロックが凸凹で、ブロックの境目に白杖がよく引っかかる。

冷たい雨に白杖を持つ手を濡らしながら歩き、そして感じた。

「国立障害者リハビリテーションセンター病院に向かう道なのに、ひどいなあ……」と。

はじめて眼科に行ってから数年後にこの病院に来たころは、見えにくくなりはじめていたけど、いま思えばまだ見えていた。

だけど、心は折れていた。

前なんか見て生きていなかった。

まだ、白杖も点字ブロックも必要なかったから、点字ブロックが当時からこんな状態だったのかどうか、覚えていない。

そして、時間が過ぎた。

当時、目に入っていたはずなのに見ていなかった点字ブロック。
いまでは、目に映らないものが自分の目の代わり。
十八年は、あっと言う間。

雪に心鎮められる

朝からしんしんと雪が降り続いている。

見えなくても、独特な街の静けさが知らせてくれる。

きっと、「しんしん」は「静々」と書くんじゃないかな。

心を鎮めてくれるこんな雪の姿が、俺は好きです。

春はもうすぐそこまで

「家のベランダにある鉢植えの梅につぼみがついたよ」

母が教えてくれた。

俺は何よりも先に春を知らせてくれる梅が好きで、何年か前に買ってきた。

この大雪で、彼らに出会えるのはもう少し先になりそうだけど、つぼみは確実に膨らみ、春はもうそこまで来ているんですね。

「いや、まだまだ大丈夫だ」

桜が咲くころになると、家でパソコンに向かって仕事をしているときも、窓を開け放ち、吹き込む優しい風を楽しむことができるようになる。

この季節の風は、お日様に当たっていないとまだまだ冷たく感じるけど、こうして窓を開けていられることが、桜が満開を迎えることよりも、春がやってきたことを実感できる。

さっきから、風が冷たくなってきたような気がして窓に近づいては、「いや、まだまだ大丈夫だ」と窓を開けたままにしてテーブルに戻ることを繰り返し、春を味わっている。

気づけば、日差しはずいぶん傾いてきた様子。

仕事も今日は少しだけスロー。

昨日のクライミングの筋肉痛を心地よく感じながら、傍らには紅茶が入ったマグカップ。

一年に何回もないような、ゆったりした午後の時間が流れてます。

意外と何とかなる

車いすユーザーの友だちに、たいへんだった旅の話をすると、

「なんだかおもしろそうだね」と興味津々。

「だったら、一緒に行く？」

「行こうか」

トントン拍子で話が進み、勢いに任せて、海外旅行をしたことがないという車いすユーザーの親友を連れ出し、二人でアメリカへ。

俺は成田から、彼は関空からサンフランシスコへ飛び、待ち合わせはサンフランシスコ空港のデンバー行きゲート。

何とかコロラド州のデンバーに辿り着き、俺は自分のバックパックを背負い、右手で車いすを押し、同時に左手で彼のスーツケースを引くという離れ業。

俺　　「出口はどっち」
そいつ「そんなこと言われても、英語、わからないよ」
俺　　「何て書いてある」
そいつ「うーん、T・R・A・N……」

俺　　「それは乗り継ぎだから、E・X・I・T、出口を探して」
そいつ「あった！　たぶんこっちやで」
俺　　「たぶんって……」

傍から見たら、「アイツら大丈夫かよ？」と突っ込みたくなるような光景だろうなあ。
でも、意外と何とかなる。
後にも先にも、こんなに笑った旅はない。
そして、彼との旅で見えにくい俺の視野も広がった。
そいつと過ごしたコロラドでの一週間。
いまだに、会うたびにお腹を抱えて笑うほど、
俺にとっても、そいつにとっても、サイコーにおもろい旅だった。

ここマドリッドじゃないの？

スペインで開催されるクライミング世界選手権に日本代表として出場の権利を得たものの、ほかの障害者スポーツ同様、旅費などはすべて自費負担。

お財布事情がたいへん厳しいいまの俺は、泣く泣く、貯めていたマイルをすべて使い果たし、バンコク経由の南回りの航空券を手に入れた。

そのため、長い、長い、退屈極まりない空のひとり旅を経て、日本選手団とはマドリッド空港の国内線搭乗ゲートで待ち合わせることとなった。

マドリッド空港の係員に国内線のチケットを見せ、ゲートまで連れて行ってもらうと、「ここに座って待ってろ」と素っ気ないひと言だけ残して立ち去ろうとした。

俺「ちょっと待ってください。ここはどこですか？」

係員「Jの三十八番」

仕方なく、そこで仲間を待つこと七時間。

退屈も限界に達し、お尻と椅子が一体化しはじめたころ、ショートメールが届いた。

「コバさん、迎えに行くので、いまどこにいますか？」と。

すぐに、「Jの三十八」と返信する。

すると、「本当にマドリッドにいますか？　マドリッド空港にはJの三十八番ゲートは

Si
J38?

EXPRÉS
AEROPUERTO
EMT

ないんですけど」と再びメールが！
えー、どういうこと？　ここってマドリッドじゃないの？
一瞬、パニックに。
でも、「落ち着け、俺」。
そして、ドキドキしながら、隣に座っている人に確認した。
俺「すみません。ここはマドリッド空港ですよね？」
隣の男「もちろん、マドリッド空港だよ」
俺「ここは、Ｊの三十八番ゲートですよね？」
隣の男「そうだよ。Ｊの三十八番だ」
えー、どういうこと？
何が何だかわからなくて、不安になるし、混乱するし……。
三十分、いや四十分ほど途方に暮れていると、日本選手団がやってきた。
俺がいた場所は、Ｊではなくて、Ｇの三十八番だった。
一体、何だったんだ！
実は、見えてたころも、いまも、旅先で起こるトラブルはあんまり変わらない。
そして、トラブルは、いつも変わらず大笑いのネタになる。

こっちが無理ならこっちの手がある

クライミングコンペ、中でもクライミング世界選手権は特別な場所。

普段は味わえない緊張感に包まれる。

名前がコールされると、打ち寄せる波のような歓声に圧倒される。

そして、立ってても座ってもいられないような気分で順番を待っているとき、口の中は未知の味の汁で満たされていく。

「落ち着け、俺」。ここまできたら、あとは自分を信じて登るだけだ。

離陸したと同時に、声援が遠のいていく。

聞こえているはずなのに、なぜかナビゲーターの声以外は聞こえない。

すべての思考が次の一手に集中する。

技術、知識、経験を駆使して、気持ちを上に上にと向かわせ続ける。

難しいポイントにやってきたときこそが勝負。

流れるような動きが止まってしまったときに、「ダメかも」って気持ちが折れたら結果は出てしまう。苦しいときこそ気持ちが負けてはいけない。

「こっちが無理ならこっちの手がある」とたくさんある引き出しから、最良のやり方を見つけ出す。

手の指先と脚の指先でホールドを感じながら、直感的に次の手を考える。

「よし、行ける！」

完登！

割れんばかりの歓声で我に戻る。

こんなにも大勢の人たちに応援されていたんだと、全身で感じながら降りてくるときの満たされた気分は最高だ。

結果は、金メダル！

スポーツや体育が苦手だった子どものころを思えば、自分がスポーツの世界選手権で表彰台の一番高い所に立ち、君が代を聞いていることが信じられない。

そして、この経験がまた、次につながっていく。

小学生のころから「モンキーマジック」に通っている後輩に追いつかれ追い越される日は、すぐそこまできている。

でも、まだまだ自分にだって伸び代はあるはず。

心と技は身体にくらべたらいけると信じて。

世界選手権の表彰台

二〇一四年、スペインでの世界選手権。

表彰台の真ん中に立ったときの気持ちは格別なんだけどさあ。フランスとイタリアの選手に挟まれた俺は、身長百五十七センチ。

一番高いところに立っているはずなのに、一番低いのはなぜだ？

粋なアナウンスに感激

世界選手権の翌日、飛行機に乗って座席で寛いでいると、「この飛行機には、昨日のクライミング世界選手権に日本から出場した、視覚障害のゴールドメダリストが乗っています」と、機長がサプライズのアナウンス。

機内は拍手喝采。

ちょっと照れながら、祝福に応える俺。うれしかったなあ。

人に伝えたいもの

将来、見えなくなると告知されたとき、「できなくなること」「その日に備えてしなければいけないこと」ばかりを考えていた。

でも、出会いや言葉に支えられてそこから抜け出し、「人に伝えたいもの」として、再びクライミングの魅力に出会った。

「三時の方向、近め〝ガバ〟。次は、十二時の方向、遠め〝タテカチ〟……」

壁の下にいるナビゲーターの声を頼りに、指定されたホールドの位置を探りながら登っていく。

「やった！」

ずっと通すことができなかった七十七手の〝長手もの〟往復課題百五十四手ができた。付き合ってくれた友人に感謝。

今夜は旨いビールが飲めそうです。

ポイントは、「テキトー」

視覚障害のクライマーはナビゲーターがいなければホールドを見つけることができない。

でも、ナビゲーターは使っていいホールドの位置を伝えるだけでいい。どう登るかは自分で考える。どう登るかまで教えてしまうと、見えてる人の操り人形になってしまう。

踏み込まない、一線を越えないテキトーな距離感がとっても大事。

「三時の方向、近め」って言っても、きっちり三時の方向に手を伸ばすなんてことはできないし、人によって「近い、遠い」の感覚は違う。

正確さと良いコミュニケーションは違う。

だから、伝え手と受け手双方がテキトーであることが基本中の基本。

そして、クライミングは、「own risk」。

登ることも、やめることも、すべての責任は自分で負う。

仲間がいることと、応援してくれる人がいることと、ナビゲーターの指示を受けることと、その人たちに責任を押し付けることは全く違う。

クライミングは、自分の意志で、自分の判断で、自分の力で登っていくもの。

大人が真剣に悔しがる姿はカッコいい

「絶対グレると思ってたけどねえ」

「幸一郎がグレるわけないでしょ。そんな度胸なんてあるものですか」

「それにしても、クライミングっていうのは、そんなにおもしろいものなのかねえ」

「さあ……。私にはさっぱりわからないけど」

母と伯母が俺を酒の肴にして上機嫌で飲んでいる。

コツコツ努力をするのも、ひとつことを長く続けるのも苦手だった俺が、たったひとつ続けてきたことがクライミングだった。

視覚障害者になったあとも、クライミングのおもしろさをみんなに伝えたくて、登り続けている。

十六歳のとき、俺がはじめて参加したクライミングスクールで、大人が真剣に悔しがって岩を登る姿は本当にカッコ良かった。

「いい年して、まだあんなことやってるよ」

なーんて言われるじいさんになれたら最高だよな。

行ってみなきゃわからない

二〇一五年七月、アメリカのユタ州で開催されている障害者イベント『No Barriers USA』（エリックが主催者のひとり）に、三回目となる参加をしてきた。

毎回、場のエネルギーに刺激され、「俺はどう生きていきたいんだろう。俺は生きている間にどんなことがしたいんだろう」と思いを巡らせる。

今回は、特に、笑いに溢れ、本当にハッピーだと感じられる場だったから、「すげえ障害者イベントだなあ」って思ったと同時に、「こりゃ、文化的な違いもあるから、同じことは日本では難しいのかな」とも思ったりもした。

さまざまな体験アウトドアプログラムや学術的発表、最新テクノロジー紹介に加え、二十二日かけてコロラド川の激流をカヤックで下った全盲視覚障害者や、事故で車いすユーザーとなったオリンピアンゴールドメダルスイマーたちのチャレンジ、友人の全盲エベレストクライマー、エリックの最近の活動などの紹介が続いた。

「えー、マジで！　すご過ぎるよ……」

ここで強く感じることは、「障害者同士の傷のなめ合い」ってのがないこと。障害の有無にかかわりなく、人としてチャレンジしてゆくその姿にお互いが刺激を与え合い、「そ

うだよな、俺もがんばらなきゃなあ」って、自分のこととして捉えられるようになることに価値がある。

確かに紹介されたチャレンジは誰もができることじゃない。でも、「誰の心の中にもあるバリアに向き合おうとする気持ちこそが大切だ」と改めて気づかせてくれた。

そう、行ってみなきゃ、わからないことがあるし、出会えない人もいる。そして、気づくことのできない自分の気持ちにも向き合える。

十九年前、目の病気だと宣告されてから今日までの出会いと経験という点は線となり、道を描いてくれているのだと気づく。

この先も、自分の意志で歩みを進める限り、新たな点と出会い、線が引かれてゆくのだろう。

実は、NPO「モンキーマジック」のお財布事情は火の車。アメリカへの旅費を捻出する余裕などない。そこで、思い切って、エリックに「航空会社のマイルが貯まってたらサポートしてくれるとありがたいんだけど」と相談した。すると、「OK！　何とかするから」と嬉しい返事。

持つべきものは友だち。チーム・エリックのサポートに心から感謝！

待ち受け状態じゃ何も変わらない

アトランタで開催された全米障害者クライミング選手権。

視覚障害者部門で、金メダルを獲れました。

Ｙｅａｈ～！

さらに、そこでは日本の視覚障害者クライミングについてプレゼンテーションをする機会も得た。そして、質疑応答では、「クライミングジムが障害者を理解してくれず、なかなか受け入れてもらえない」との発言に賛同が多かった。

また、ユタ州の空港から俺をサポートしてくれた友人も、

「どこへ行っても障害者は子ども扱い。どうして理解してくれないのかしら。まるでエイリアンよ」と、事故で両脚を失い、車いすユーザーとなった生活を振り返ってつぶやいた。

あれ？　これって日本で聞くような話ばかりじゃない？

「先進的な欧米の事例」ってよく耳にするけど、なーんだ。

結局、現場ではまだまだ日本もアメリカも状況は一緒ってこと？

要するに、誰より当事者が意志を持ち行動しないといけないってことなんだろう。

やっぱさ、待ち受けじゃ何にも変わらないってことですよね。

心の中の「見えない壁」

見えない壁は、誰もが心の中に持っている。

その壁を前に、最初からあきらめてしまうときも、失敗しても挑み続けられるときもある。

その壁を登るだけじゃなくて、越えてゆく先に、その人が成長していく姿がある。

それって人生そのものだし、クライミングの中でたくさん経験できること。

「見えない壁」だって越えられる。

俺が目指しているものはそこにある。

人をつなげ、人を育てるクライミング。

あきらめずに登り続ければ

自他ともに認める無類の壁好き。
失敗してもあきらめずに登り続ければ、
見えない壁だって、越えられる！
ガンバ！

さいごに

「見えなくなったことで見えてきたことって何ですか？」

と訊かれることがある。そのときはいつもこう答えることにしている。

「人間は、見えても見えなくても同じってこと」

小林幸一郎

１９６８年東京生まれ。

16歳でフリークライミングに出会う。大学卒業後は旅行会社、アウトドア衣料品販売会社などで勤務。

28歳で進行性の眼病が発覚し、33歳で独立。２００５年37歳のときに、ＮＰＯ法人モンキーマジックを設立し代表理事に就任。ＮＰＯ法人モンキーマジックは、視覚障害者のフリークライミング普及を目的に活動を開始し、現在ではその普及を通じユニバーサルな社会の実現を目指しさまざまな活動を行っており、２０１５年で、設立10周年を迎える。


２００６年、ロシア・エカテリンブルグで開催の「第1回パラクライミング選手権」視覚障害者男子部門優勝。２０１１年、イタリア・アルコで開催された「クライミング世界選手権」視覚障害者男子Ｂ２クラス優勝。２０１４年、スペイン・ヒフォンで開催された「クライミング世界選手権」視覚障害者男子Ｂ１クラス優勝。２０１５年アメリカ・アトランタで開催された「全米障害者クライミング選手権」視覚 障害者男子部門にて優勝。そのほか日本選手権での優勝など多数。２０１４年には、「第64回日本スポーツ賞」（読売新聞社）受賞。

Photo by Naoya Suzuki of SAND STONE

[障害者の表記について]

「障害者」の表記を、「障がい者」や「障碍者」などにすることがありますが、「害」という漢字を使用しないことで障害者への配慮をしているかのような動きは、かえって本質が見えなくなるのではと違和感さえ覚えてしまう。

もし、変えるのなら、漢字表記だけではなく、障害者という言葉そのものが変わってゆくべきだと思う。

そして、社会が成熟し、障害者への価値観が変化するときが、そう遠くない将来に来ると信じたい。

「ハンディキャップ」という英語が時代とともに新しい単語に置き換えられてきたように、いつか日本でも、「障害者」に代わる新しい言葉が生まれてくるのではないかと思う。

そんな思いから、本書では「障害者」という漢字を用いて表記しました。

小林幸一郎

見えない壁だって、越えられる。

2015年11月13日　第1刷発行

著者　小林幸一郎
イラスト　池田邦彦
構成　小梶さとみ
装丁　川名潤（prigraphics）
発行者　土井尚道
発行所　株式会社飛鳥新社
〒101-0003
東京都千代田区一ツ橋2-4-3　光文恒産ビル
電話　03-3263-7770（営業）
03-3263-7773（編集）
http://www.asukashinsha.co.jp

印刷・製本　中央精版印刷株式会社

ISBN 978-4-86410-435-7

編集担当：品川亮